L'Épistre

de

Monsieur Saint Estienne

CHANTÉE

En son Eglise de Reims.

A REIMS,

CHEZ BRISSART-BINET, RUE DU CADRAN-S.-PIERRE.

1845.

L'ÉPITRE

DE SAINT ÉTIENNE.

Tiré à 120 exemplaires.

Imprim. de KLEFER, place d'Armes, 17, à Versailles.

L'ÉPISTRE

DE MONSIEUR SAINT ESTIENNE,

CHANTÉE EN SON ÉGLISE DE REIMS.

A REIMS,

CHEZ BRISSART-BINET, RUE DU CADRAN-SAINT-PIERRE.

1845.

Nous publions une de ces productions bizarres,
dont le souvenir s'est perdu dès que l'usage en fut
passé. Ce fragment de notre antique Rituel ne sera
pas sans intérêt pour ceux dont les études litté-
raires remontent l'échelle des âges.

Bien avant le xe siècle, les prières de l'Église

primitive avaient été altérées de mille manières. On respectait parfois le cadre original et ses divisions, mais on y intercalait des paraphrases, des versets, et souvent des oraisons entières. Le but avait été, soit de soutenir l'attention des fidèles, en la réveillant, soit d'honorer Dieu ou les patrons de son Église, en allongeant les offices.

Ces additions étaient connues dès le viie siècle, sous le nom de *farsa*, *farsia*, *farsæ*, *farsiæ*. De ces mots on avait fait les adjectifs *farcitus* et *farsitus*, et les prières *farsitæ* se lisaient dans nos livres d'heures manuscrits.

Les mots *farsa*, *farsia* ne veulent dire autre chose que *farce*, avec ce sens qu'attache à ce terme la chimie culinaire. Les prières *cum farsia* ou *farcitæ* étaient un mélange composé d'un texte traditionnel et d'augmentations capricieuses.

Dans l'origine, les additions étaient en latin, comme l'oraison qu'on altérait. En Touraine, au viie siècle, le **Kyrie cleïson cum farsâ** était en

usage. Ducange nous en fait connaître le com-
mencement. Le voici :

Kyrie :

*Fons bonitatis, Pater ingenite, à quo bona
cuncta procedunt :*

Eleïson, etc.

Les pièces *farsitæ* faisaient partie des offices,
surtout aux jours de cérémonies, et l'évêque de
Paris, Eudes, ordonnait en 1180, qu'elles se-
raient chantées par deux prêtres revêtus de cha-
pes de soie. Dom Marienne nous les montre
usitées en Angleterre, et en 1295, les voûtes de
l'église Saint-Paul de Londres les entendaient
psalmodier.

Quand la langue française se fut formée, quand
les trouvères eurent appris à chanter en français
du temps, Dieu, les dames et la gloire, les prières
farsitæ subirent une réforme ; aux paraphrases
latines succédèrent des strophes en langue ro-
mane ou picarde.

L'épitre que nous imprimons est un monument
de ce genre. Elle était connue dans toute la

France; on la chantait du nord au midi, le jour où se célébrait la fête de saint Étienne. Le temps et l'idiôme de chaque contrée finirent par altérer la poésie originale. A Aix, on chanta, jusqu'en 1789, ce qu'on appelait :

Planctus sancti Stephani.
Leis plants de san Esteve.

A Reims, l'usage de cette curieuse épître fut supprimé bien avant la révolution. Maurice Letellier, qui opéra dans l'Église tant de réformes, la fit rayer du Rituel. D'autres prélats avaient suivi son exemple. A Dijon, en 1726, elle était classée parmi les traditions tombées en désuétude.

Nous donnons l'épître de saint Étienne avec trois textes différents. Le plus ancien de tous nous est fourni par Ducange; il l'emprunte à l'église de Saint-Gratien de Tours. Cette version nous semble originale et doit remonter au XIIIe siècle. Nous n'en avons que le premier huitain.

Les deux autres versions ont été copiées par nous sur un fragment écrit dans le siècle dernier et annexé par M. Povillon Piérard, à l'un de ses volumes déposés dans la bibliothèque de Reims.

L'une d'elles était conservée dans l'église de Beru, près Reims ; l'autre était récitée dans l'église paroissiale de Saint-Étienne de Reims, le jour de la fête patronale. Celle-ci est la plus moderne ; c'est par elle que le lecteur va commencer. Il verra dans cette épître un monument de la langue parlée dans nos contrées au moyen-âge, un souvenir des vieux usages chers à nos pères.

L'histoire d'un peuple embrasse celle de ses coutumes et de sa littérature ; c'est sous ce point de vue que les feuilles qui suivent peuvent mériter un instant d'attention.

Prosper Tarbé.

ÉPISTRE DE M. SAINT ESTIENNE.

Vous entendez à ce sermon,
Et clercs et lays tous environ :
Conter vous veux la passion
De saint Étienne le baron,
Comment et par quel méprison
Le lapidèrent les félons,
Pour Jésus-Christ et pour son nom :
Le sçaurez bien en la leçon.

Lectio actuum Apostolorum :

Cette leçon, que cy vous list,
Saint Luc s'appelle qui la fist,
L'un des apotres Jesus-Christ :
Le Saint Esprit si lui apprit.

In diebus illis,

Ce fut en un jour de pitié,
En temps de grace et de bonté,
Que Dieu par sa grant charité
Reçeut mort pour chrétienté.
En iceux jours bien eurez ,
Les apotres de Dieu aimez
Ont saint Étienne ordonné
Pour prêcher foy et vérité.

*Stephanus plenus gratiâ et fortitudine faciebat
prodigia et signa magna in populo.*

Saint Étienne, dont je vous chante ,
Plein de grace et de vertu grande ,
Faisait au peuple mescréant
Miracles grands, en Dieu preschant ,
Et chrestienté annonçant.

Surrexerunt autem quidam de synagogâ quæ
appellabatur libertinorum, et Cyreneonorum
et Alexandrinorum, et eorum qui erant à
Ciliciâ et Asiâ, disputantes cum Stephano.

Les pharisiens l'ont renoncé,

Qui de la loy sont plus prisez :

Vers le martyr sont adressés,

A luy disputent, touts irés.

Et non poterant resistere sapientiæ et spiritui
qui loquebatur.

Saint Étienne rien ne doutoit :

Le Fils de Dieu le confortoit :

Le Saint-Esprit à lui parloit,

Que ce quil dit lui enseignoit.

Au grand sens qu'il luy inspiroit,

Nul d'eux résister y pouvoit.

Ardientes autem hæc, dissecabantur cordibus suis, et stridebant dentibus in eum.

Quant ce ouyt la pute gent

De deuil ont mout le ceur dolent :

Tant leur supporte mautelent,

Qu'ensemble grinçoient les dents.

Cum autem esset Stephanus plenus Spiritu Sancto, intendens in cœlum, vidit gloriam Dei, et Jesum stantem a dextris virtutis Dei, et ait :

Or entendez du saint martyr

Quand il fut plein du Saint-Esprit,

Regarde en haut et voit partir

Le ciel sur lui à s'ouvrir,

La gloire de Dieu à venir,

Dont de parler ne peut tenir.

Ecce video cœlos apertos, et filium hominis
stantem a dexteris virtutis Dei.

La gloire voy notre Seigneur,

Et de Jesus-Chrit mon Sauveur,

A la dextre mon Créateur.

Or ay grande joye sans douleur,

Car je vois ce que j'adeurs

Qui est loyer de mon labeur.

Exclamantes autem voce magnâ continuerunt
aures suas, et impetum fecerunt unanimiter
in eum.

Quand du Fils de Dieu ouyrent parler,

Tous commencèrent à forcener,

Les oreilles à étoupper,

Plus ne le peuvent escouter.

Assaut lui font pour le tuer.

Il les attend comme franc chevalier :

2.

Bien peut souffrir et endurer
Qui voit Dieu qui le veut sauver.

Et ejicientes eum extra civitatem lapidabant.

Dehors les murs de la cité
Ont le martyr trait et jetté
La l'ont les félons lapidé
Qui oncques n'en eurent pitié.

Et testes deposuerunt vestimenta sua, secus
pedes adolescentis qui vocabatur Saulus.

Pour mieux faire délivrement
Ont dépouillé leur vêtement
Au pied du varlet qui les attent.
Cetoit Saul qui tant de tourment
Fit puis à chrétienne gent :
Dieu le rapella doucement,
Puis fut-il sauf tout voirement.

Et lapidabant Stephanum invocantem et dicentem.

A donc lui font moult grand assaut

Le lapident : ne lui en chaut :

Tend ses mains et ses yeux en haut,

Prie à Dieu qui aux siens ne faut.

Domine Jesu, suscipe spiritum meum.

Sire Jesus, que je désir,

Qui m'as ce tourment fait souffrir,

Dès ores reçois mon esprit

Que je veuille à toy parvenir.

Positis autem genibus clamabat voce magnâ dicens :

Or le saint de grande amitié

Ses ennemis fait semblant lié,

Plie les genoux par pitié
Et pour eux tout à Dieu prié.

Domine Jesu Christe , ne statuas illis hoc
peccatum.

Sire Jesus, en tes mains sont
La justice et ceux qui méffont :
Pardonne-leur, Père très-bon ,
Car ils ne scavent ce qu'ils font.

Et cum hoc dixisset obdormivit in Domino.

Quand il eust oit tout son plaisir,
Fait semblant qu'il veuille dormir,
Clot ses yeux et rend son esprit,
Dieu le recoit à lui servir.
Or prions tous le saint martyr
Qu'il nous doint si bien survenir
Que nous puissions tous bien mourir
Et au règne Dieu parvenir.
    Amen.

ÉPISTRE DE M. SAINT ESTIENNE,

CHANTÉE EN L'ÉGLISE DE BERU LÈS REIMS.

Entendez tous à ce sermon,
Et clercs et lays tous environ,
Conter vous veux la passion
De saint Étienne le baron,
Comment et par quel méprison
Le lapidèrent les félons
Pour Jesus Christ et pour son nom :
Vous l'orrez bien en la leçon.

Lectio Actuum Apostolorum.

Cette lecon que cy vous list,
Saint Luc s'appelle qui la fist :
Le Saint Esprit l'y apprit
Des douze apôtres Jesus Chrit.

In diebus illis.

Ce fut en un jour de pitié,
En temps de grace et de bonté,
Que Dieu par sa grant charité
Receut mort pour chrétienté :
En iceux jour bien eurez
Les apotres qui Dieu aimaient
Ont saint Étienne ordonné
Peur prêcher foy et vérité.

*Stephanus plenus gratiâ et fortitudine faciebat
prodigia et signa magna in populo.*

Saint Étienne, dont je vous chante,
Plein de grace et de vertu grande
Faisoit au peuple mescréant
Miracles grands, en Dieu preschant
Et chrestienté annonçant.

Surrexerunt autem quidam de synagogá quæ
appellabatur libertinorum et Cyreneonorum,
et Alexandrinorum, et eorum qui erant à
Cilicià et Asià, disputantes cum Stephano.

Les pharisiens Dieu renioient
Qui de la loy sont plus priséz :
Vers le martyr sont adressiés
Lors disputèrent toute irés.

Et non poterunt resistere sapientiæ et spiritui
qui loquebatur.

Saint Étienne rien ne doutoit,
Car le Fils de Dieu le confortoit.
Et Saint Esprit en lui parloit
Que ce qu'il dit luy enseignoit.
Au grand Jesu qui en lui étoit
Nul deux contrester ne pooit.

Audientes autem hæc, dissecabantur cordibus
suis, et stridebant dentibus in eum.

Quant ce ouyt la pute gent
De deuil ont mout le cœur dolent
Tant la supportoit maltalent
Qu'ensemble croissoient leurs dents.

Cum autem esset Stephanus plenus Spiritu
Sancto, intendens in cælum, vidit gloriam
Dei, et Jesum stantem a dextris virtutis
Dei, et ait :

Or entendez du saint martyr :
Comme il fut plein du Saint Esprit,
Regarde en haut et voit partir
Le ciel dessus lui à s'ouvrir,
La gloire de Dieu à venir
Dont à parler ne pot taisir.

Ecce video cœlos apertos, et filium hominis
stantem a dexteris virtutis Dei.

La gloire voy notre Seigneur
Et Jesus Christ mon Créateur ;
En ay grande joye sans dolours
Quand je voy celui que j'adours.

Exclamantes autem voce magnâ continuerunt
aures suas et impetum fecerunt unanimiter
in eum.

Quand le Fils de Dieu oïent parler
Donc se commencèrent à merveiller,
Les oreilles à étoupper,
Car mais ne pooient escouter.
Assaut luy font pour lui grever ;
Il les attend comme bon père.
Bien peut souffrir et endurer,
Car il voit Dieu qui le veult saulver.

Et ejicientes eum extra civitatem lapidabant.

De fors les murs de la cité
Ont le martyr trait et jetté,
La l'ont les félons lapidé
Et oncques n'en oient pitié.

*Et testes deposuerunt vestimenta sua, secùs
pedes adolescentis qui vocabatur Saulus.*

Pour mieux férir délivrement
Ont déposé leur vetement
Au pied d'un innocent qui les attent :
Et fut celui qui tant de tourment
Fit puis à chrétienne gent.
Dieu le rappela doucement,
Puis fut saint Pol tout voirement.

Et lapidabant Stephanum invocantem et dicentem.

Dessus luy font moult grand assaut,
Le lapident ; ne luy en chaut :
Tend ses mains et ses yeux en haut,
Puis à Dieu qui aux siens ne faut.

Domine Jesu suscipe spiritum meum.

Sire Jesu, que je désir,
Que m'as fait les tourmens souffrir
Dès ores reçois mon esprit :
Quar je veuil à toy parvenir.

Positis autem genibus clamabat voce magnâ dicens :

Ores le saint, de grant amitié
Ses ennemis fait semblant lié,

Plie les genoux par pitié,

Et pour eux tous a Dieu prié.

Domine, Jesu Christe, ne statuas illis hoc
peccatum.

Sire, fait il, en cui mains sont

Et li justes et cil qui meffont

Pardonne leur père très bon,

Quar ils ne scevent que ils font.

Et cum hoc dixisset obdormivit in Domino :

Quant il ot dit toüt son plaisir,

Fait semblant qu'il veuille dormir,

Clôt ses yeux, et rend son esprit.

Dieu le reçoit à son servir.

Or prions tous ce saint martyr,

Que nous puet tous sauver et garir

Qu'enci puissions nous tous mourir

Et au regne Dieu parvenir.

Amen.

LEPISTRE DE SAINT ESTIENNE,

CHANTÉE A SAINT GATIEN DE TOURS.

Lectio actuum Apostolorum :

Por amor de nos prio, seignos barun,
Se et vos tuit escostet la leçun
De saint Estienne le glorieux barun :
Escotet la par bonne entention,
Qui a ce jos receut la passion.

FIN.

NOTES.

La version de Reims est du XIV° ou du XV° siècle.
Celle de Beru conserve quelques mots dont l'ortho-
graphe est plus ancienne. Quelques notes suffisent
pour faire comprendre cette antique poésie.

Méprison, — méprise, — erreur, — faute.

Bien eurez, — bienheureux.

Irés, — en colère (*ira*).

Mautalent, mal-talent, manque de mérite.

Partir, — se diviser.

Adeurs, — adore.

Trait, — traîné, tire (*tractus trahere*).

Délibrement, — librement, à leur aise.

Ne lui en chaut, — ne lui importe.

Ne faut, — ne manque.

Semblant lié, — visage gai, bonne figure.

Point, — donne.

L'orrez, — l'entendrez (ouïr).

Ne pooit, — ne pouvait.

Croissoient, — peut-être pour grinçaient ou pour croassaient.

Ne pot taisir, — ne peut se taire (*tacere*).

Saignos, — seigneurs.

Jos, — jour.

9 782019 320300